无边的苍茫

何芯——著

南方出版传媒
花城出版社
中国·广州

图书在版编目（ＣＩＰ）数据

无边的苍茫 / 何蕊著. -- 广州 ： 花城出版社，
2019.2
ISBN 978-7-5360-8843-6

Ⅰ. ①无… Ⅱ. ①何… Ⅲ. ①诗集－中国－当代
Ⅳ. ①I227

中国版本图书馆CIP数据核字(2019)第004898号

出 版 人：詹秀敏
责任编辑：李　谓　安　然
技术编辑：凌春梅
封面设计：

书　　名　无边的苍茫
　　　　　WU BIAN DE CANG MANG
出版发行　花城出版社
　　　　　（广州市环市东路水荫路 11 号）
经　　销　全国新华书店
印　　刷　中华商务联合印刷（广东）有限公司
　　　　　（深圳市龙岗区平湖街道春湖工业区中华商务印刷大厦）
开　　本　880 毫米×1230 毫米　32 开
印　　张　8.25　2 插页
字　　数　230,000 字
版　　次　2019 年 2 月第 1 版　2019 年 2 月第 1 次印刷
定　　价　48.00 元

如发现印装质量问题，请直接与印刷厂联系调换。
购书热线：020－37604658　37602954
花城出版社网站：http://www.fcph.com.cn

何苾

湖北孝感人，经济学博士。现居成都。曾在《人民日报》《光明日报》《诗刊》《中国作家》《解放军文艺》《草堂》《星星》《延河》《海燕》等刊物发表诗歌作品。

爱人、爱自然、爱自己

——读何苾诗集《无边的苍茫》

梁　平

与何苾先生相识于 2007 年，那时他从阿坝也刚回到成都。很多时候是他在台上讲话，我在台下听讲，保持了遥望的距离。有一天，长者武先生给我电话，约下班后小聚，于是按时赴约。一壶茶刚沏好，何苾也到了。武先生喜书法、工诗词，德高望重，与何苾先生算是故交。经武先生介绍，我与何苾先生握手、落座。一杯茶的工夫，眼前的何苾给我留下的印象是率真、激情，而且亲和、亲近。

从那天开始，我与何苾先生之前的那种"遥望"没有了，还不时收到何苾手机发给我的他写的诗歌。也就是说，我断断续续读何苾的诗，已有十几个年头。他写诗，几乎都是在夜深人静的时候，自己往往忘了时间。有一次他带队在阿坝藏区调研，凌晨快两点了给我电话，我被电话惊醒，以为有什么急事，翻身从床上坐起来。结果是他刚写完一首诗，在电话的那头读给我听，后来还发在了我的手机上，这就是何苾。

由于他的工作很忙，读得多，写得少，一直保持着对诗歌的敬畏和热爱。殊不知，在最近两三年，何苾先生诗如泉涌，一发而不可收拾。我在《诗刊》《解放军文艺》《中国作家》《草堂》《星星》《延河》《海燕》以及《人民日报》《光明日报》接二连三读到何苾的诗歌，时常带给我阅读的快乐和欣喜。

《无边的苍茫》是何苾先生的第一个结集，由花城出版社出版。看得出，何苾更多受教于中国传统诗学，诗歌的路子正，不装腔作势，不故弄玄虚。他的诗来自于生活的感悟和生命的体验，及物及事及人，或清朗明净、或酣畅淋漓、或丝竹弦歌、或发人深省。我一直认为，一个人写诗，与这个人的气质和气象胶着，二者之间，我们可以看到最大的公约数。比如："我的桅杆不在沙滩，/在海，是海燕飞翔的驿站。/浪尖上舞动的高度，/即使被风吹落了海拔，也在海之上。"（《桅杆》）诗如其人，就是这个道理。

在成都生活的人，都会留下很多关于诗歌的记忆。这些年，我知道何苾先生在浣花溪杜甫草堂朝拜已经无以数计，杜甫的人生与诗歌，杜甫伟大的现实主义精神，从某种意义上已经成为何苾先生的必修课。在何苾的眼里，他可以看见"草堂的茅屋，破了，/洞悉千年的风，/千年的雷霆。/看得见月亮的泪，/太阳的血。/听得见沉默的歌，/疼痛的呼吸。/撕破了的茅屋，/柴门是你不闭的眼睛"。他更看见了"草堂的主人，/千首诗歌将成为碑林，/灿烂辉煌"。（《说诗：向草堂致敬》）这首诗写于 2016 年，就在那一年，成都市委、市政府启动了"杜甫千诗碑林"的浩大工程，把杜甫一生留下的 1455 首诗歌，收集和约请了古代、现当代著名书法家书写，挑选了最好的大理石，一首一块雕刻成碑，散落在杜甫草堂浣花溪公园里。2018 年 12 月 1 日，我参加了"杜甫千诗碑林"的落成典礼，穿行于碑林之间，又想到何苾先生这首诗，想到他在这首诗的结尾所写到的："以生命完成的诗，/铸就了诗的生命，/不朽。"

在诗集《无边的苍茫》里，何苾写了不少九行诗，这应该是何苾刻意而为之。不是八行，不是十行，单单选择九行，九是极数。这应该是作者在有意识地掌控和遏制自由诗的"自由"，节制抒情的泛滥和短诗的不短。这样的写作明显吸收了格律诗的某种范式，而又不拘泥于格律、对仗、音韵，用现代汉语写出了"自由诗"的某种规范，依然保持了新诗的美学属性，别有一番意味：

　　　　克隆一个太阳给黑夜，
　　　　克隆一个春天给寒冬，

克隆一个花季给蝴蝶。
克隆一声霹雳给晴空，
克隆一场飞雪给骄阳，
克隆一条巨龙给大海。

最好是克隆一次时间，
重新安排光阴的走向，
让那些故事不曾有过。
　　　　　　——《克隆》

　　"克隆"是现代社会的高科技产物，代表先进和时尚，"克隆"二字本身就是现代汉语新发现的名词，具有强烈的时代烙印。试想如果用古代汉语、古体诗词去写克隆，写倒是可以写，但写出来将会是一个什么样的"克隆"呢？作者偏偏在这样一个题材上选择了九行，每行选择了整齐的字数，以古体的模式写新诗的意境，不得不说作者用心良苦。

　　从上面提及的何苾的诗歌，我们对作者的写作不难看出一个重要的特征：诗性与思辨并存，求新与求变共生。这就为我们找到了何苾诗歌近年来一发而不可收拾的依据。

　　除此之外，何苾写乡情、亲情的诗可圈可点的很多，诸如《叮嘱的分量》《我们牵手》《一场风雨》《记忆》等，写母亲、写儿时的小伙伴、写池塘、写蛙鸣、写故乡，写得情真意切，一咏三叹。我觉得故乡将会是他以后写作很重要的场域，因为那里有一口深井，创作的源泉取之不尽，用之不竭。为此，何苾一首题名为《诗》的诗作出了最好的回答："说走就走，去心中的向往，/ 行装再多也不能丢下诗，/ 有诗就不会迷路"，"旅程风风雨雨，/ 我用诗遮风挡雨，/ 爱人、爱自然、爱自己"。

　　是为序。

2018 年 12 月 16 日于成都

目录
CONTENTS

第一辑　听小鸟的一节课

第二辑　留住大雁的翅膀

第四辑　与星星对眸

第五辑　时间的颜色

无
边
的
苍
茫

第一辑

听小鸟的一节课

向大地俯首

今夜，我不想举杯，
如同我不愿开灯一样。
理智像一个固执的老者，
只许我握住窗外的一片宁静。

远方山头的一团火光，
给夜幕挂上暗红的锈斑。
那若明若暗的跳动，
开启了早已封存的记忆。
泛黄的影子上面，
我找到了跌跌撞撞的脚印。
曾经的我，犹如一把梭子，
从影子中穿过，返回。

常常也会放歌几曲，
在高山与河谷间调整自己的音域。

而今天的我，不是梭子，
不再需要影子。

曾经的忙碌，
没给秋风留下一片叶子；
曾经的唠叨，
没为春雨开辟一条河道。
我不属于自己，
也不属于他人。
一粒种子，被挂在天空，
向大地俯首。

心灵的圣殿

一朵雪花在我的掌心慢慢融化
我感受到天空的凛冽和檐下冰凌的坚脆
我把眸子交给洼地里被积雪覆盖的麦苗

在阵阵冬风呼啸的那个狭窄的巷口
我从一丝阳光里听到了春的脚步
仿佛是一群鸭子摇摇摆摆走向河岸

想起父亲赶着黄牛在田间耕作的样子
祖辈的坚守不只是对脚下那片沃土的衷情
头上的蓝天白云永远是我心灵的圣殿

叮嘱的分量

以为脚比山高，
那是年轻时代的懵懂，
懵懂里还有点轻狂。
步入花甲的门槛，
才明白真正的山，
永远在头上。
皱纹折叠的台阶，
铺成弯弯曲曲的路，
上山的每个路标，
都是妈妈的叮嘱。

山下那间瓦屋里，
留下的叮嘱；
狭窄的木床上，
留下的叮嘱；
门前整理我行囊，

留下的叮嘱。

那是一句话："好好的！"
那是一个好梦，
没有一点锈斑。
那是我行走一生，
真正的高山。

致王坪烈士墓

地下很冷，你燃烧着，
寒夜在颤抖中成为灰烬，
你的死只是莞尔的一笑。

墓碑的守候，不是等待眼泪，
只要读懂红星上的灵魂，
鲜花也是多余。

如果我是那个年代的那颗红星，
地下的我对来者只有一句忠言：
向前走，别丢失自己。

听小鸟的一节课

树叶带着季节旅行，
岁月擦亮了太阳。
我把日子搓揉成一垛垛云。

清风漫过我的脸颊，
那一瞬，卧在枝头的露珠滑落，
在指尖上弹跳。
像是眼皮溅起的浪花，
打湿了影子。

阳光钻进堰塘，
跟踪游鱼的尾巴。
水草在聚集，
搜索那把断了绳索的镰刀，
也许淤泥早已将它埋藏。
那个冬天的几次寒战，

抖落一片片雪花，
唤醒了麦苗。
赶集春天，
我用鬓霜标记光阴的拐点。

皮肤向森林靠拢，
地气在上升。
听小鸟的一节课，
我懂得了翅膀。

浪花不尽

不知是我拥抱着波涛
还是波涛拥抱着我
浪花溅满了脸

如同醉汉
看不清别人也看不清自己
满脑子的朦胧
竟然挂着一镰弯月
还故作羞答答

水温平衡着体温
飘浮的身躯仿佛长出了翅膀
起起伏伏
犹如飞机穿过云层
曳住气流的尾巴
摇晃天空

不承想
潮汐为何而起又为何而落
也不想知道波涛为何将我卷入了海
成为一粟

不习惯无垠的漂泊
纵然被抛洒
只要落在岸上
只求一抔土

波涛连绵
浪花洒不尽
碧绿正在变金黄
每一粒都是一首诗

所有

别了，所有黑夜和黑夜的所有。
我不再须要用眼睛看世界，
真相都在我心底。

白云飘过的天空，
清泉流过的溪谷，
山野盛开的花朵，
瓦屋堆积的冰雪，
所有经历和经历的所有，如烟。

剥去与生命无关的记忆，
只留下爱的灵魂，
和灵魂的爱。
不期盼捡回过去的遗失，
也不重复曾经的获得。

我留存在生命中的爱，
比如杨柳在春天发芽，
比如荷花在夏天绽放，
比如蟠桃在秋天成熟，
比如蜡梅在冬天笑傲。
所有的梦都是爱的篇章，
不再有别的期许。

整理一生，凝结一生，
不成为墙上的挂件，
不成为地面的影子。

让翅膀刷新天空

白露为霜，日子安静许多
轻风从我身边滑过

常常蹲在河边
看落花漂流而去
再也不见蜜蜂的追逐
连鱼儿也懒得一嗅
不悲切万象更替
只愿波涛捎上我的心
为落花送上一程

常常站在山头
静观云彩的游走
身边的松涛起起伏伏
感慨沧海桑田
一只松鼠趴在枝丫

呆望着乱云飞渡

我想长啸一声
让大雁的翅膀刷新天空

总想在晨光里剪辑
截取朝霞朵朵
伴我出行的匆匆脚步
总想在夕照中打捞
落日的一抹余晖
为我的夜掌灯

季节更替，只有天上的星星
与我不离不弃

醉了的阳光

醉了的阳光刺破了寒霜
峭壁上翘望的那枝梅
把笑容给了我的旅行

疏星的天空有一双眼睛
看穿河床里的秘密
波光悄悄偷走我的心

站在透着暗淡光的窗口
只要朝霞如期归来
我愿做一辈子守夜人

等待春天的一条河

天空很低
听不到村头的犬吠
树枝与那些雪花窃窃私语

一朵抖落了下来
听到了大地的心跳
明天的阳光一定会灿烂

索性拥抱冬风
把所有寒冰屯聚胸膛
等待春天的一条河

桅杆

站在海岸上，
我扫描辽阔的海域，
寻找那支刻有我姓氏的桅杆。
潮起、潮落，
灯塔上歇息的海燕，
看得见我的眺望。

涛声不再依旧，
今夕是何年？
摇摇晃晃的海浪，
画出深深浅浅的海岸线。
疼痛的云挂在桅杆上，
落下来，就是雨骤风狂。

海燕的翅膀，
在天空留下划痕。

我走过的滩涂，
把脚印都交给了海，
海浪重叠了我的脚印，
高高举起桅杆。

我的桅杆不在沙滩，
在海，是海燕飞翔的驿站。
浪尖上舞动的高度，
即使被风吹落了海拔，
也在海之上，
在潮头，站立我的信念。

说诗：向草堂致敬

一

草堂的茅屋，破了，
洞悉千年的风，
千年的雷霆。
看得见月亮的泪，
太阳的血。
听得见沉默的歌，
疼痛的呼吸。
撕破了的茅屋，
柴门是你不闭的眼睛。

二

所有践踏以后，
都有绿色的生长。

第
一
辑

听
小
鸟
的
一
节
课

所有灰烬上面，
都有复燃的星火。
顺从是弱者的怯懦，
绝地是勇士的曙光。
悬崖在攀登者脚下，
瑟瑟发抖；
黑夜在梦的尽头，
有不落的太阳。

三

没有盲点，
没有时限，
进退彼消此长，
都是人生的逗号。
草堂的主人，
千首诗歌将成为碑林，
灿烂辉煌。
以生命完成的诗，
铸就了诗的生命，不朽。

一种眼神在燃烧

阳光洒满山野
所有的花蕾都昂起头
我和它们保持一个方向

仿佛昂首的千纸鹤
在湛蓝的天空
保持的姿势

我在花蕾与千纸鹤之间
发现一种眼神，执着而坚定
在寂静里燃烧

报喜：孙女降生

所有喜鹊跃上枝头
你从朝霞里匆匆走来
红日为你接生

相逢在一个甲子的中秋
那是前几世的约定
你摸我的胡须，我推你的摇篮

你的啼哭是为我的笑
而我憧憬着你未来的笑脸
为你放飞每一个春天

耳顺自嘲

——六十周岁感慨

再也没有刺耳的言语
再也没有刺耳的声音
我的心已安静

听山有水的叮咚
听水有山的呼啸
我的心已放松

早起看日出美妙
夜来看星星迷人
我心生善意，向每一天问好

第一辑　听小鸟的一节课

脸庞有条河

我把思想的苗头放进火堆
燃烧出沙漠和大海
灰烬不是黑色

云朵是我前世的陌生
我相信夏天的雨和冬天的雪
保留在我的课桌上

此生我就是一块石碑
脚印踩踏的歌谣在流淌
一首诗刻在脸上，流成一条河

我只属于石头

我没有石头的姓氏
却只属于石头
把太阳捎来的话
对月亮悄悄说
用严寒冰封自己
当河岸的腊梅笑开了颜
那只熟悉的春燕
在我的屋梁上安家

那个凄清的夜晚
我收留天空遗弃的雪花
也许是雄鸡失眠
过早唱出忧伤
雪花说，不要在夜里流泪

我相信眼睛

不怀疑古老的传说

宁肯敲碎身躯

刻下人世间的默默无闻

但愿万年后

女娲炼我去补天

如果我写传记

如果我写传记
只写六个字
无知，已知，未知

曾经的无知
不懂大海的习性
在海潮退却的时段
我游进大东海
险些葬送在万丈深渊
从此，那救生员的从容
是我终生读本

今天我懂得锅是铁打的
现代的灶台不再单调
铜锅、铝锅和不锈钢锅都在坐庄
不同的锅有着不同热传递

哼着不同的调
煎熬自己只为一席佳肴
我明白大锅的饭小锅的菜

站在未来的门口
不知明天的行程是否有雨
天气预报说今天晴
我却被大雨淋成落汤鸡
都说太阳从东边出
如果迷失方向
西边的太阳会改变生物钟

未来的路在眼里
用心灵燃烧
点亮的不仅是未来

今晚不服安眠药

碾碎曾经所有的梦，
重新安置一张床，
今晚不服安眠药。

还是那间闲适的房屋，
还是东西方向躺下，
梦却从根部发芽。

晨曦潜入窗口，
小鸟重复着我的梦呓，
阳光挂满树枝，摇醒我。

春天

春天是诡谲的魔术师，
在大地的调色板上随意涂抹，
瞬息变幻出万紫千红。

我心都在春天里萌动，
点燃老房子里的那盏油灯，
找寻孩提时走失的梦想。

灯芯闪烁，是母亲的诉说，
我的思念流进灯盏，
火苗里噼噼啪啪是乡音。

诗的影子

诗的影子不是光的陪衬，
不在太阳下，不在月色里，
影子在梦的两端。

是没有湖水的湖水，
是没有霓虹的霓虹，
是没有眼睛的眼睛……

诗的影子深藏于心，
无中生有，有时无限的短，
有时无限的长。

风灯

我愿成为你手中的风灯，
纵然烧尽我所有的血液，
也要护你完成夜里的远行。

我不相信钟馗有本事，
只要风灯点亮，
魑魅魍魉也会荡然逃遁。

我把风灯升上高高的桅杆，
曳一路涛声向北斗，
大海的深处也不会遇难。

生命的注脚

生锈的不锈钢碗，
曾经污了我水晶般的心，
我不再用器皿品尝酸甜苦辣。

年少时端的那只土碗，
盛满母亲质朴的期盼，
那目光给了我一生的真实。

山珍海味诠释不了生活，
生命的注脚就是原汁原味，
人生不需要抛光。

河流不讲究行走的姿势

也许是月亮丢下的那片叶子
向晨风倾诉昨夜的失眠
只有古寺里的铜钟长叹几声

阳光在森林里写下日记
山鹰盘旋是求天空一个承诺
落在山涧的那朵花还是那样的笑

告别洞口的山泉一路窃窃私语
河流从不讲究行走的姿势
涌入大海的那股清溪只为托起太阳

只要石头的厚实

把思维散发在天空
白云载着我的向往
呼唤峰峦上的积雪

也许冰冷世界少不了我
而我的世界正在燃烧
一把火炬向天边跳动

依偎石头看着火苗的远去
不追溯石头的祖先
我只要石头的这点厚实

夜

窗口射出一束灯光，
犹如一把刀子插进夜的腹腔，
一阵阵痉挛漂浮在缓流的河面。

山风趁着漆黑逃窜，
树在不停地追赶和呼喊，
桥和墙却不动声色。

瞌睡录制鼾声和呓语。
梦游不会走失回家的路，
没有床铺就没有梦魇。

磷火把夜幕烧了一个洞，
如若一口废弃的井，
苔藓、腐叶和水草在发酵。

笔尖在灯光下跋涉，
楼阁的琴音牵手路过的云。
一只夜鹰睁大着眼睛。

月光正在下沉，
把星星稀释成一颗颗斑点。
梦的翅膀一点点增厚。

夏至

剪下一束阳光
嫁接在黑夜的枝干
长出若干只眼睛
有一只与夜雨私奔
潜入沉睡的村庄
狗吠不停
惊醒梦中的雄鸡
一声长啼
启动黎明的按钮
星星紧急下潜

脚步在朗读

清明的雨纤细而凄婉，
经不起一片叶子的扇动。
坟头长出的草像母亲的唠叨，
一把新土添了几多伤感，
爱的根系在阴阳两边繁衍。

油灯在老屋里睡了很久，
灯芯留下的黑结还未脱落，
仿佛少年当年的痴还在坚守。
旧墙壁上似乎印着那阅读的姿势，
还有母亲纺线时的笑容。
曾经纺车哼出的小曲，
和着读书声从门缝钻出，
惊扰井边高冷的月光。
此时纺车不动声色，
也不再有朗读。

雨在云上睡去，
纺车在心里转动，
脚步在朗读。

诗

说走就走，去心中的向往，
行装再多也不能丢下诗，
有诗就不会迷路。

高速路上无高速，爬着蜗牛，
别急，只要读一读诗，
再堵的路也会畅通。

旅程风风雨雨，
我用诗遮风挡雨，
爱人、爱自然、爱自己。

爱不是单行道

妈妈总能记得儿女的生日，
儿女也不能忘记妈妈的生日，
爱是双向的，不是单行道。

儿女在妈妈的眼里永远是孩子，
妈妈老了也会成为孩子，
反哺是儿女生活的必需品。

妈妈走了，儿女也要老，
儿女的儿女都会老，
爱是活着的，不能成为祭品。

相信燕子会回来

仰面夜空
我恍然信仰大地
在月光里看墙的影子
用自己的脚站立

相信远古的黑夜和今晚一样
相信早晨的太阳最温煦
相信天空不会破裂
不会掉下馅饼和眼泪
相信燕子会回来

当云彩埋葬了山峰
河流不会沉默
眸子从阳光里折回
季节在衰老
天空长满了皱纹

太阳给空气加温
冰山在旅行
大地也有喜怒哀乐
只对气候诉说

在生命的沙漠
灵魂像一股孤烟
用信鸽的翅膀导航
落到故乡的屋脊
听祖先的木鱼

一片绿苗藏着露水的秘闻
太阳火辣辣
吻疼了大地

拐角的房屋

大楼拐角的房屋与太阳无缘
成天板着阴沉的脸
却不计较小鸟的蹦跳

我从潮湿的屋影走过
凉台上的君子兰像弃儿
投来期盼的眼睛
那是对阳光的渴望
我却递不上一丝光芒

影子乘着飞鸟远去
草叶孤零零徘徊
露珠的怜悯漫不过花盆
泪滴从脚底流淌
仙人掌鼓起的肚皮
伸出浑身的刺头

似乎要扎破云朵

屋脊摇晃着夜风
借流星的翅膀炫耀腠理
我在檐下琢磨蝙蝠的吊技
却颠倒了自己

灯光逃出窗外
醉迷夜来香的朦胧
跌落在墙角

鼾声走走停停
梦从蛙声中醒来
晨曦匍匐
潜入我的窗口
太阳从床上爬起

又是湛蓝的天空
我依然踩着潮湿的屋影
一朵祥云在天边笑傲
等待着黄昏

垂钓

梦扛起一片天空
触摸河流上蠕动的涟漪
又触摸着月光
在回流处撒下粒粒星光
赤裸裸地垂钓

鱼钩上没挂鱼饵
鱼漂痉挛着
听得见鱼儿的讥笑

鱼钩沉底
钓起半个月亮
另一半在夜空摇曳
像摇篮的心思
惦记着婴儿的啼哭

雨点从月亮的嘴间洒落
身体四处流浪
街道浮肿
水波在滑行
消减着灯光的重量

影子躲闪
晃花了汽车的眼睛
一个疯狂的碰瓷
在尖叫注册
黑暗中，一只手
捏着票子的厚度

人的饵子
在钩上挣扎

梦咬住了舌头
喊不出话来

村庄的影子

回家的心像一朵花开着
脚底盘点着过往

昔日草鞋走过的山路
依旧弯弯曲曲
荆棘露出懒散的脚印
老茧还在繁衍

叶子摇动着夏日
小鸟聚集在池边树下
一片绿荫
一片嘈杂
我听见村庄的喘息
伴着心跳

熟悉的早晨

日出还是那个姿势
熟悉的夜
圆月还是躺在荷塘
我仿佛回到童年的梦

灶台满脸皱褶
舌尖不衰老
保持着母亲的味道

老屋虽空
却挤满了记忆
血缘不需要眼睛
不管白昼黑夜
无论阴晴圆缺
我都是父母的生命

村庄移动的影子
每一秒都有重量
故乡的天空
有最亲的人

欧登塞的石砖路

不曾走进童话王国
却闯入欧登塞的石砖路
我吃力地踏着安徒生昔日的脚印

在一间低矮旧居
犹豫的手轻轻叩门
一堆故事从门缝钻出
点燃我心中的蜡烛

仿佛看见童话里的小姑娘
用微笑的嘴唇
划亮干烈的火柴
烧化冬天
烧痛一个世界

仿佛看见太阳熔化陨石

接上小锡兵另一条腿
在一个无风的月夜
那锡兵伴舞芭蕾姑娘
跳晕了星星

仿佛看见小鸭破壳
游弋黎明的湖面
羽毛摇荡的一潭春水
浮起一群白天鹅

仿佛看见海的女儿歌唱
歌声掀起爱的波澜
漫过山峰
清洗大地和天空
鱼尾和人腿都在行走
一个蓝色的灵魂

仿佛还看见了许多许多
而我不再用童话呼唤童话
一阵萧瑟秋风
拂过安徒生的铜像
两只忧郁的眼睛
诠释人类的梦

第二辑

留住大雁的翅膀

梦的梦

星星在手心孵化
长出眼睛，每只眼都有一个世界
陌生而且新鲜

阳光搓成灯芯
点亮灰暗的老屋，我的心
跳动在母亲的指尖

我所有的梦四季分明
春雨太咸，秋水太辣
夏日的冰雹砸痛了冬眠

河流

不知道你从哪里来，
知道你要去的方向。
奔跑，从不回头，
把大地划出深浅、宽窄。
曲折中，寻找忘却的记忆，
还有那离别久远的家。

家在哪里？
高山泉源，
平原沟渠，
丛林沼泽，
都不是。
在大海，大海的深处。

不留恋高山，
总在最低处行走。

谦让是你的品格，
即使一坝横切，
你也拥抱着漫过，
用新的生命点亮夜空。

不痴迷春天的烂漫，
不驻足冬天的冰封。
风雨中浑浊，
心是清澈的。
不管弯道千万条，
永远记得回家的路。

老屋

老屋存放着我的姓氏
即使木门上那把铜锁生锈
钥匙仍挂在我的心头

那口老井留着我的唇印
母亲就是深邃的老井
养育了我，终不能改变

门前的荷塘变换颜色
屋后的半坡更新春草
我回家的路从来没有迷失

村头的大树

村头的大树最先看太阳
小鸟和阳光说话，吵醒虫子的梦
赖床的蝉满肚子牢骚

大树最美的笑只给夕阳
当月亮爬上树梢
萤火虫悄悄种下星星

秋天伸了个懒腰
飘向冬天的那一片叶
去叩春天的门

心仪的那棵松立在故乡的峰峦

心中的柳叶在对岸生长
只有它的茂盛能为他人撑伞
我的炎热也会变得清凉

心仪的那棵松立在故乡的峰峦
松针的招手只为迎接雪花的弹跳
岭上腊梅的笑缝合了冬和春的裂隙

其实，雪山到草原只有一步远
而我留恋脚下的层林和头顶的淡云
在那里我听风哭，看叶笑，和大雁告别

梦里的纺车

梦里的纺车转动，
妈妈回到了纺车前，
我回到她身边，灯下夜读。

纺线一根根，一团团，
那是妈妈一生的牵挂，
我在线的那一头，没有走远。

生命是一次旅行，
不能忘了回家的路，
每个脚印都要留下路标。

背篓

山民的脚步叩响太阳的门，
背篓装满的朝霞，
是一筐生命的黄金。

熙熙攘攘的街市上，
山民的身影镶着金边，
叫卖两个脆生生的字：野生。

当太阳滑到农夫的背后，
黄昏追赶山民的脚步，
背篓里藏了一弯月牙的甜蜜。

今夜有梦

今夜，我希望有梦
与以往一样，梦到我的家乡

那里有我生命最初的色彩
桃花园蝴蝶的斑斓
梨树枝头蜻蜓的盘旋
油菜花海里蜜蜂的追逐
稻禾茵茵牵手山花的烂漫
晨曦中喜鹊的剪影
牛背上滑落的叶笛

朝阳喷薄而出
抹了我一脸的绯红
我的影子被拉得很长很长
一半竖在墙上
一半挂在树上

在家乡最想看海
看海上升起明月
但海很远
月亮在池塘上不了岸
听见蛙鸣
就听见了妈妈的唠叨
该自己走路了
翻过前面那座山

父亲也在说
翻过前面那座山
就是海
那里有一艘船
船上有一面帆
只要你扬起风帆
就看见海上的明月

这是梦中的梦
和往常一样，又有不同
在家乡，在大海

留住大雁的翅膀

在深秋的季节
在季节的落叶处
我向天空仰望
一群变换着队形的大雁
向南，不回头地向南
带走了岁月的曾经

只想留住大雁的翅膀
只为追回逝去的芳华
雁过留痕，渴望有抖落的羽毛
成为天空的信使
无论以什么样的姿态飘落
都是生命的消息

风在这个季节咳嗽不停
夜里的星星也躲藏了

只有雁过的影子挥之不去
一行雁鸣撕碎的云朵
散落在我窗前
辽阔了我的天空

雁阵已经远去
变形与不变形都留在心里

村里的老槐树

我的故乡在鄂北孝感，
一个嵌在浅丘的村庄。
小时候常听卖身葬父的故事，
最喜欢那棵老槐树。

村庄里也有棵老槐树，
年少的我常在那里留下脚印，
只盼遇见一回七仙女。
长大后我读懂了董永，
孝心是人性的真谛，
是爱的磁场。

童年时常见父辈叹息，
追忆往昔的一片森林。
在那个年代，
刮起过一股飓风。

城里的人被吹倒，
乡村的大树被拔起，
火炉流出黑色的泪。

三伏天我常问小伙伴，
又常常问星星，
那些大树有没有灵魂？
我希望它们有，
希望灵魂化作云雨，
把干裂的土地浸润。

一个甲子的光阴，
大树的子孙回到了村庄，
我也回到了故里。
杏花，樱花，桂花，
那花朵开在我的脸上。
桃子，梨子，橙子，
那果实甜在我的心头。
我没有花季的年龄，
拥有花季的故土。

我惦记村头的老槐树，
脚步却喃喃地说：
老槐树走了，再也没回来。
树是人栽的，
最通人性。

走在田埂

走在田埂，
青蛙蹦蹦跳跳，
仿佛躲避我。
我唯恐踩伤了它，
踮着脚小心前行。

儿时走过的这道田埂，
勾起不曾浮起的记忆。
那赤脚上粘连的黄土，
散发草嫩的芳香，
至今还在左右我的鼻息。

总想再次赤脚行走，
让老了的腿脚绑定青春。
那田埂也老了，
长着长长的胡须，

胡须戳痛我的脚腕。

路是走出来的，
没人走着就长草。
小伙子不去走，
姑娘不去走，
年长者很少走。
农村的脚在走城市的路，
腿上没有泥巴，
心头却有尘埃。

走在田埂，
步子吞吞吐吐，
青蛙蹦蹦跳跳。
我的脚底虽是城市的记忆，
心里的路还是一道田埂。

大山用皮肤呼吸

古老钟楼起得很早，
与落在最后的那颗星道别。
婉约的声音登上峰顶，
招呼刚起床的太阳。

太阳摘一片薄云半遮脸，
小鸟蹦跳着报出姓名。
草叶把露珠送给阳光，
大山用皮肤呼吸。

傍晚的炊烟有些孤寂，
曳着浓云的衣袖。
天公呛得大声咳嗽，
那眼泪不是咸味。

今夜森林洗了个冷水澡，

失眠的枝丫和流水唠叨。
月亮悄悄探出身子，
在湖中看清了自己。

风站在经幡的肩上弹跳

转经筒忙个不停，
那胸脯抛光粗糙的手，
酥油灯有双暗物质的眼睛。
叠加脚印散发添加剂的气味，
被催肥的咒语吞下深秋的叶子，
蜕变成百业经的标本。

风站在经幡的肩上弹跳，
从路边磕头人的背上滑落，
溜进一片闭眼的森林。
一团云在白塔头顶盘旋，
从阳光的走廊摄取温度，
孵化佛祖歇过脚的石碛。
石碛长出碱性舌头，
舔着朝圣者脚板的血泡，
老鹰在山头上用眼睛呻吟。

锅庄踩肿月光的尾巴，
皮鼓拍打着偷懒的星星。
藏袍掀起一个个笑窝，
把蛾子的化身塞进山影。
火苗在宁寂里脱胎，
晨曦从雪山的高处滑行。
太阳的口红印在姑娘的脸，
当原生态的嗓子飞向蓝空，
喜马拉雅缓缓下沉。

风留下一串脚印

一片月光贴着风的嘴唇呼吸，
微微露出皎洁的牙齿，
把带着血色的眸子深藏。
眸子里飞出一只燕子，
绿叶抢占枝丫，
蓓蕾却不慌不忙。

风留下一串脚印，
只给同行者辨认，
总有人在岔路口东张西望。
陌生的云彩很低很近，
听着旱地喘着粗气，
依旧张开远去的翅膀。
大地的裂隙有着自己的记忆，
那记忆在缝合线上徘徊，
用太阳的能量在思想。

黄蜂朗读着一片油菜花，
嗡嗡的吟诵抑扬顿挫，
短声极短，长声极长。
夜幕犹如一服麻醉剂，
夕阳静静地躺下，
等待雄鸡的一声歌唱。
起早床，去赶东方的集市，
敲定晨曦报出的价格，
买下旭日所有的光芒。

云按自己的方式飘零

月光趴在山坡，
听一片森林的鼾声。
守夜人踩疼灯影的尾巴。

赶路者浮动的影子，
在坎坷的路边抽搐。
他牵着自己的身躯。

一块石头在湖面露头，
阳光的指尖轻轻一弹，
水深处被藕丝纠缠。

一滴露珠嫣然一笑，
骑在竹枝弓起的背，
瞅着鸡毛信的脚趾。

哞哞声把田野叫醒，
树梢举起了扫帚，
清洁一堵陈旧的墙。

灵魂镶进白色石砖，
蓝色的梦掀开大厦的窗幔，
一片云按自己的方式飘零。

清晨推开窗子

清晨推开窗子
迎面扑来紫薇花的淡红
醒了的眼，深深呼吸

从来没有像今天这样注目
从来没有像今天在注目中深藏
紫薇树摇曳阳光的笑

也许昨夜的梦还在继续
也许梦里的幸福只在朝阳里燃烧
红房子一层层垒起

影子越来越模糊
那条路上的脚印很浅
走过的痕迹已被夜雨冲洗

紫薇含情脉脉

虚拟的红房子真真切切

那条路干干净净，带走了我的牵挂

心不动就不会被吹落

燕子归来，我离去，
萤火飘然，我返回，
落叶和雪飘，是去还是留？

打开心锁，寻找孩提时的泪珠，
晶莹里藏着的一个希冀，
扫去了尘灰，还是满脸堆笑。

铁脚不弃山的高水的长，
旅途中的风风雨雨，
心不动，就不会被吹落。

到家了，心还在路上

走吧，向前走，
别去扶正后面的影子，
心中无路的人最怕十字路口。

阳光洒了我满头的水，
我只惦记门前的井绳，
在那里，从来没有渴过。

曾经的东张西望，
总以为别人会迷失，
到家了，心还在路上。

光阴在泄露

一椽破屋静坐山脚，
沉思秋色的变化。
天在老去，
季节将人消耗。
心跳在昔日的节奏，
那个节奏的门口有一个钟摆。

大雁背诵着秋末告别词，
语言挂在叶子上，
学会抑扬顿挫。
风修改着标点符号，
吹落在平沙的一个角落。
田间升起了温度，
稻草人干咳。

树改变着眼睛的颜色，

瞳孔在小雨中骚动。
步子拖拉，
岔路口迷茫。
燕子计划着撤离，
房子说：
"多住些日子，
南方的天也在变冷。"

太阳握住门把，
缓缓转动，
光阴一点点泄露。
时间焦黑，
音乐在结冰。

不用石头，
鹰犬守护秋季。
庄稼赶路，
种子在穿越。

一场风雨

车缓缓行，
怕惊动窗外的风，
窗外的雨。
回家的路存封了很久，
路边的茉莉，
还在固执地编织乡愁，
那是母亲的唠叨，
父亲的沉默。

天好像破了，
河里的船抓住岸石，
站到了路旁。
水里的一群鱼儿，
跃向天空，
落在故乡的餐桌上。
我的乡亲乡邻，

没有惊慌。

风渐渐停了，
雨渐渐停了，
云让出跑道给阳光，
一泻千里。
故乡田园留下的泪沟，
被阳光填平灌满，
开始新的播种。又是碧绿，
又是遍地金黄。

记忆

一生中的记忆总是做着加减法，
而童年留下的记忆总在擂台上，
那是故乡给我的本钱。

不记得摇篮中的哭和笑，
记得弟弟的尿布是我留下的，
那里有妈妈慈爱的心和呵护的手。

妈妈的慈祥立在了坟头，
妈妈的米酒还甜着我的心，
我活着，妈妈就没走远。

我喜欢简单

我很简单，
简单得比零还空。

我继承村庄的个性，
在幽静的土地上清醒。
炊烟是我给天空的祷告，
乞求一片金黄的田野。
我把喜鹊的尖叫制成梵呗，
向夜晚的屋脊念诵。
我像屋顶上的青瓦，
给人挡风遮雨。
又像一堵白墙，
只要谁愿意涂抹，
什么颜色我都接受。
也像山下的小溪，
任凭路过的人饮去多少。

我吃着井水长大，
难免坐井观天，
而心的清澈可以见底。
田埂磨厚的脚掌，
与泥泞最亲最近，
即使踏着荆棘也不觉生分。
我是牛的伙伴，
知道青草的珍贵，
掂着犁的分量。

我拥入城市，
习惯了拥堵，
习惯与邻居陌生相处，
习惯与宠物亲近。
我不习惯把筷子伸进他人的菜碟，
也不习惯拿别人的杯子饮水。
我的口说出骨头里的话，
不在阳光里寻求遮脸的叶子。

我是一张铺在灯下的白纸，
藏不住半点墨迹。

宁静是一件奢侈品

梦的翅膀还没有张开，
阳光吻醒了我，
影子徐徐而来，又徐徐而去。

湖边的树最怕风至，
皱褶的水面像一把刷子，
宁静是一件奢侈品。

正午的烈日融化了墙影，
远去的云何时才能回心？
即便是阴影，也可以乘凉。

讲故事

把故事讲给太阳
有张笑脸绽放朝霞
有滴泪把银河砸个坑

把故事讲给月亮
早晨的少女晚上白了头
少年为夜航船帆挂上一盏灯

把故事讲给星星
有个灵魂燃烧自己
那惊艳的一跳点亮夜空

幻梦的窗口

一粒失眠的梦
骑在风的背上旅行
下榻云的客栈
在气流躺过的床上
瞌睡竖起耳朵
听月亮吟唱

飘移的世界
背着流星的碎骨
歇息在乱坟冈上
磷火躲躲闪闪
挑逗星星的眼睛
眼底的黄斑在脱落
天空渐渐清净

寻找天的窗口

气球向天上行走
在彗星中游说
用暗语对接呼吸

降落伞在下沉
拖着两条虹
拾起雷雨留下的羞涩
夕阳涂上口红
潜入黄昏的洞房

我们牵手

走进高原草甸，
我们一起看见叶尖上的露珠，
那里面有一个太阳，
清澈的光芒照耀了拥抱，
我们牵手。

踏上雪域冰川，
我们一起过暗流涌动的河床，
那是没有缘由的邂逅，
澎湃的波澜驱赶了陌生，
我们牵手。

跋涉峻岭丛山，
我们一起放飞缠足的流云，
那是墨守成规的释放，
自由与浪漫珠联璧合，

我们牵手。

漫步金沙海岸，
我们一起复制滩涂上的脚印，
那是历尽艰辛的平行，
潮起潮落不能更改的姓名，
我们牵手。

我的世界

清点瀑布遗落的水珠，
手掌托起原野的玉盘，
汇聚一千条长河。

流火的太阳咄咄逼人，
找一个阴凉处，
燃烧自己。

看湖中的游舟竟是珊瑚，
我抢在海燕之前，
把桅杆升起。

烂漫中闯入的白蝴蝶，
掠走了我的四季，
我的世界白雪皑皑。

等你

心里有山，山上无树，
期待滑板从空而降，
我在山下的路口等你。

心中有岸，河里无船，
等候一片桨划动，
我在岸边的树下等你。

心上长草，草木欣荣，
回家的路已经隐隐约约，
我在格桑花里等你。

夜晚如黑色的大衣

咯咯的笑声
从白色墙壁弹回
掉落在钢琴的键盘
砸痛了一首曲子
音符选择撤离
目的地在神话的故乡
那里，森林盘旋
仙鹤在换毛

太阳蒸发
滴落一串咒语
祈祷被繁殖
长出千手观音
天像蓝色的锅
扣住地球

轳辘转动
绳索缠住城市
从灰色的声音爬过
光阴钳制钟表的舌头
没有物质的时间
在圆圈内赶路

夕阳深吻一朵祥云
黄昏在退烧
秃鹰叼着垂危的合同
啄掉坏死的单词
翅膀修复耳鸣的偏差
距离蜕变成重量
渐渐僵硬

码头嘶哑
残光纠缠着海藻
沙滩做着酒窖的梦
脚印被偷袭
礁石不愿睁开的眼睛
依然紧闭

风披着黑色大衣
用呼吸行走
指甲的痕迹在消逝
天空越来越空

第三辑

把眼睛放到远方的绿野

沙湖

几朵白云
飘移在沙湖的上空
我捧一把细沙高高抛洒
让那白云带去远方

沙路行走着一群骆驼
我在驼峰移动的行程
感受了沙的柔韧
当我仰躺在沙漠上
沙粒也在我的耳边
轻轻细语

贺兰山的逶迤
陈列着长城的悲壮
长车覆辙，铁蹄横行
究竟残存多少爱恨情仇

而我只想求证，
沙湖的昨天
是腾格里的扬弃
还是黄河的叛逆

沙岛芦苇荡漾
仿佛呼唤远飞的大雁
岸边摇曳着的柳枝
盘点剩下的秋日
湖面野鸭的张望
看得见季节变换的哀愁
看得见不离不弃的阳光

在戈壁的尽头
我找到了葡萄的王国
庄园酒窖的醇香
跟跄了我的脚步
却没有迷失回家的路
门前的海棠果
还有几分羞涩
那红，让我过目不忘

当夜幕悬挂时
一镰弯月在涟漪里漂泊
侧耳倾听沙湖的虫鸣
夜风轻轻扬起的沙粒
从不选择自己的落点
可以随黄河东流
可以伴沙湖清静

昆仑

昆仑，我心中永远的神
当我走近你的时候
把眼睛和心交给你

我从荒漠向你靠近
带上清泉、小草、红柳枝
向天空借一段白云，献上圣洁的哈达

我从可可西里向你靠近
不惊扰沼泽与湖泊
与迁徙的藏羚羊相伴而行

我随阳光向你靠近
作别每一条冰川
拥抱你的巍峨和苍茫

你是江山的国王

阅尽人间春色，一万年以后

依然顶天立地

我在草原我在戈壁

我在草原，心潮澎湃
只为托付这一片辽阔
雄鹰的天空，张开了
我早已歇息的翅膀

无论有路还是无路
草原的每个角落都有我的脚印
眼睛看到的每一片草叶
都是我前世修来的情缘

夜幕降临，我在宁静的青海湖
波纹的翡翠是我昔日的梦
月亮勾起我的思念
老屋从湖中走来

捧一把茶卡盐湖的结晶

红裙子飘起的镜面
叠印我少年的狂、青年的痴
所以我不应该老去

草原的风吹到戈壁
柴达木不再空洞
万丈盐桥正在迎来送往
戈壁滩没有荒凉

察尔汗的盐花就是那朵花
偷了我的心，在盐滩上
那行脚印里不同于沙滩的味道
一生一世左右我的味蕾

我在草原我在戈壁
草原的阴柔和戈壁的雄壮
如此般配，都是我的心跳

登武当山

武当山聚天下风云，
那是太极的魅力。
阴的阴到极致，
阳的阳到极致。
极致魅力从何而来，
金顶说无量，
紫霄说寿福。

三洞门，
三只眼睛，
三种人生。
人的门大开，
神的门难开，
鬼的门不开。
到头来，进出都是一个门。

从光明到黑暗，
从黑暗到光明，
那是自己的选择。
转运殿里光芒照耀，
只要从善，
随便哪个方向转动，
都有一种美好。

登武当山，
道非道，不问道，
也不测未来。
我用一颗干净的心，
拜谒金顶那盏长明灯，
心就敞亮了，没有一丝雾霾。

紫霄宫的青烟，
编织成一朵祥云。
祥云翻腾成海，
我在山上看海的波涛。
无论祥云还是海浪，
我只采撷一朵，
再见武当！

香巴拉佛塔

语言的尽头是歌，
歌声的尽头是雪山，
雪山的尽头是香巴拉。

老天赐予大地太多太多的高山，
却只给了一座佛塔，
它是香巴拉人祖祖辈辈的守望。

歌声缭绕在百道弯上，
我用千层雪清洗心中的所有，
把香巴拉佛塔永远立在心中。

手掌上的风

抓一把青藏高原的风，
手掌上的歌声，碧波荡漾，
还有那经幡不倦的颂扬。

我在格桑花中寻觅吉祥，
奇妙的八瓣，
在高原红的笑靥里深藏。

用虔诚融化雪山，
溪流的圣洁直入无瑕的心房，
脉搏的每一次跳动都紧贴着母亲的心脏。

在岛礁等你

在岛礁等你
等来海鸥的鸣叫
那叫声教会我
识别海潮的平仄
熟悉涛声的格律
懂得浪花的标点和韵脚
于是，我学着用鸟语写诗
给黑夜里最淡的那缕星光
给趴在瓦屋上的那片雪花
给那蹲在窗下的冷月
从此，我把眼睛交给礁石
朝着海天一线的地方
铺开诗的苍茫

在岛礁等你
海风送来一片叶子

那是你曾经的名片
你的名字是时光密码
打开过我四季的门锁
如果我用自己的名片对接你
或许可以打开第五季
也许那里有十一维空间
存在太阳的太阳
月亮的月亮
星星的星星
也许还有不曾见过的一种眼睛
那眼光可以穿透另一个宇宙

而今，我仍旧执着你的名片
用你名字的时光密码
在三维空间里
反转四季的门轴
我在岛礁等你

披着森林的外套

他走向一片森林，
叶子喧嚣，切割那陌生的眼光。

影子四分五裂，
在潮湿的草丛里拼图。

他是森林的粉丝，寻找绿色的床，
把梦挂在树丫，听小鸟呓语。

兽族没有图腾，用尿的味道盘踞，
那吼声是无色的箭。

他想成为诗人，不在白天构思，
在夜里用眸子透支星星的眼力。

像爱情在朦胧里跳出心外，

又如失恋后手中紧攥的酒杯。

风在三更时入睡，森林安静下来，
流星在逃亡的路上擦抹自己的脚印。

小屋沉默，窗外兽影频窜，
他的心在兽斗中收缩，将困倦拴住笔杆。

梦把牛鞅架在老虎的脖子，
打劫者在山头颤抖，
瞪大的眼睛在恐惧里奔跑。

月光伸出长长的舌头，
舔着湖面的腥味，皱起额头。
他眼神犹如北极熊盯着冰窟窿。

用森林的嗅觉找到太阳藏匿的地方，
涛声依旧，沙滩闲言碎语。

红日蹿出海面，
阳光趴在叶子上，问露珠的姓氏。
他披着一件森林的外套。

山雨

一朵云厌倦了天空
捂住夕阳的眼睛
潜入顾渚山的傍晚
悄悄地撤离
藏进初冬的乌溪
一朵浪花摇荡太湖
拥抱桅杆的笑

水雾中的影子

醉了的大海，波峰上
睁开的那双眼睛，神情漂泊
船帆远去，隐约在浩渺中
一个水手在月下踱步

海燕的翅膀擦抹天空，切割云影
阳光屏住呼吸，轻轻抛洒
那娇艳在涛声中舞蹈
向海底摸索，牵住珊瑚的手

时间的嘴里叼着昼夜
把季节排列成街，在路口
从春天的兜里掏出种子
冬天收获了一座雪山

山路蜿蜒，森林深处飞出一群鸟

仿佛纤细的雨滴落在湖泊
在瀑布跌落处，拾起摔碎的佛光
带着秋日红叶的琴弦，弹奏

水雾中的影子

我是原野中的草根

我是原野中的草根，
在春风里发芽，拥抱着裸露的土地，
雨水啊！别冲走了我仅有的眷恋。

看惯了凋零，不为落花叹惋，
也不为秋风中的枯黄而悲凄，
我有重生，在牧童点燃的野火里。

我只是原野中的草根，
只会扎在土里，
只为碧水蓝天。

松枝上的露珠

晨曦悄悄，我凝视着松枝，
一丝粗气也不敢发出，
唯恐露珠的坠落砸痛大地。

太阳升腾，露珠轻轻离去，
带走了山头的云霭，
还有星星眼里的盼。

盘腿下松针满地，
明天还会有晨曦，
露珠啊！你是大海飞溅的浪花。

佛光总是在雾中

花落了，葳蕤的叶子含笑太阳，
流水往低处是能量的聚集，
大海从来不会寂寞。

思绪缠在淡云上，
飘向何方，落到何处，
佛光总是在雾中。

盼月圆，别指望星星耀眼，
梦中笑醒的人往往泪也多，
睁着眼睛，心中没有黑夜。

与朝霞牵手

轻轻地，抚摸着春天的翅膀，
带走了玫瑰园的蝴蝶梦，
葬了我心中的一片斑斓。

月光下的飘香最让人醉，
喘着粗气的夜撩动了枝丫，
匆匆的鸟鸣凝成了一幅画。

晨光擦拭着满野的露珠，
惺忪的眼纹爬上了荷叶，
与朝霞牵手。

在浪声中睡去

我想回避这座城市
而空气不依不饶
拖回我的呼吸

我徘徊在阴晴的交会线上
左腋流出小溪
右肩扛着一条河

我缝补天空半脸的忧
闪电裁剪黑夜
雷公敲响的鼓点
催促梦的早产

梦里的树也在分娩
叶子睁大着眼睛
警惕狂风的狰狞

风伸出长长的爪子
抓住城市的翅膀

街面狼狈不堪
我清洗羽毛绿色的血

环城河满脸憔悴
蜡黄面孔的抽搐
企图扭曲昨晚的惊恐

昨夜的风雨已经走远
没有留下只言片语
也没有带走树木的呻吟

季节还会重复
而我重复不了昨天
也重复不了正在过去的分秒

于是，我珍惜时光带来的所有
用脸上的皱纹连接走过的路
用手背的斑点警示未来的脚

爬进耳朵的蝉声
我也据为己有
用它清洗失眠的蚊音

蚊音在脑海里漂泊
像一叶小舟撞击波浪

我在浪声中睡去
梦里拾到天空半脸的笑

神龙架拾零

传说千年
解不开的谜
野人不见的踪迹
是否成为世界最后的蛮荒

神龙架走不出远古

或许野人的天地也有文明
即使野蛮
也是原始的赤裸

大九湖的清清浊浊
在阳光下变换着颜色
仿佛人世间的是是非非
在这里沉淀成沼泽

沼泽也在变
召唤脚步

望岳坪不闭的眼睛
尽收峰峦
却不知菖蒲的苍茫
枯栎沉溺在水中
多少春雨也没唤醒一片叶子
猴王应该闭口
不再问苍天

日落时分
鹳雀和白鹭伸长脖子
似乎还眷恋那片白云
只有黄昏怜悯山头
抖落云雾
给板壁岩披上彩霞

神龙顶的台阶
垫高多少人的身躯
又有多少人一览众山小

承载春天河流的思量

阳光爬到他的床前
他还在梦里摇动黑夜的翅膀
也许他只会用脚丈量生活的长度
在太阳的背面拾起原野上的一片月光

黑夜匍匐，把手伸向寂静的灯柱
似乎要围剿沉睡着的村庄
鼾声在三更里燃起狼烟
消息树却挺立在他的梦乡

和地平线一起向前疾行
去折叠大海里正在诉说的波浪
俯下身子侧听太阳的脚步
他要赶路，采撷山头坚硬的光芒

吹着口哨唤来几朵白云

承载春天河流的思量
也许是海棠的笑和燕子的鸣
让无尽的路驾驭飞奔的缰

把眼睛放到远方的绿野

我若两手空乏，
也会把眼睛放到远方的绿野，
决不蹚浑脚下的河水，在沙粒中淘金。

美景总在脆弱处，
肆意践踏如同垒起了废墟，
心里有子孙才能有千秋。

让一切的花结出不一切的果，
用眼睛品尝味道，
舌头一定是腐烂的。

行走古银杏
——观安陆市古银杏森林公园

每根枝丫都迈开了腿，
每粒银杏都睁大着眼睛。
你行走三千多年，
瞅老了日头，
走累了风。

踏实大地，
舞动天空，
把四季更替。
你牵着世纪的鼻子，
踩碎白昼，
穿透黑夜。
多少次拨开夜云，
摇醒月亮，
向流星招手。

枝头挂满古老的诗句，
每片叶子都在吟诵。
落叶赶路，
留下金黄记忆。
你举起一片霜雪，
用冬风的嗓子，
呼唤燕子。

阿科里的秋

阿科里的秋垒起耸天的雪
所有峰峦托举哈达
向碧空敞亮洁净的心

雪在燃烧
流下晶清的泪
季节从泪珠里蜕变
向江河蜿蜒

镶嵌雪域的一片碧叶
曾是珠姆沐浴的盆池
犹如一面镜子
照映着云卷云舒
是非在海里沉淀
调整岁月的姿势
变换姿势的岁月

秋风踏着格萨尔的脚印

寻觅高原的圣灵

那昔日的飞箭

在山谷繁衍

青翠的一片箭竹

似乎在传诵英雄的威武

也在哀叹一个王朝的衰落

一部民族史诗

用紫外线装订

秋披着一身迷彩

匍匐山脚

拾起鹰的落毛

给冬一个起飞手势

挥别藏寨

生日夜航

穿过云层
异国的月亮也是弯的
吴刚饮在这头
嫦娥舞在那头
中间站着陌生的文字
气流在翻译

机翼颤颤巍巍
裹挟着夜色向西匍匐
光阴结结巴巴
拖长了星星的梦呓
我听着他乡鼾声
生疏生日

瞌睡懂我
梦乡在设宴

用时差做出的蛋糕
少了几根蜡烛
故乡的香辣在舌尖
空中也踏实

转机巴黎

云朵惺忪。
机翼掀开巴黎的晨曦，
送一束阳光给戴高乐机场。

跑道喘着粗气，
呆滞的眼睛辨认陌生。

候机楼满脸皱纹，
挪动着疲惫的身影。
叹息声在嘈杂里孤独。

不同的语言拥挤在长条椅上。
分针已晕头转向，
时间往零度以下沉降。

美丽包装的窃贼，

用微笑发出爬行信号。
摆渡车上阵阵惊叫。

散漫的警察与精灵的惯偷，
两对熟悉的眸子。

走进里克咖啡馆

吻别夕阳
拥抱卡萨布兰卡
挽着一轮圆月
走进里克咖啡馆

陌生的眼睛
相识在一首钢琴曲
时光流逝
卷走了许多的爱
爱的天空
飘着不同的云

在一团云的上面
萦绕着撒哈拉的孤烟
小鸟张开的翅膀
掀起大西洋的澎湃

橄榄树不停奔走
寻找着远方

也许沧海不再桑田
爱总在风雨里
埋葬坟墓

烛焰闪烁
杯中咖啡也懂茶性
品味异国风情
不需要手势

第四辑

与星星对眸

今夜蛙鸣唱笑梦中人

一朵祥云躺卧在天空
那姿势像张笑脸却又惆怅
把一片阴柔给了远山的树

树上的鸟把心思交给清风
捎给那曾经飞过的田野
在种子的季节寻找种子的种子

还是月光下的那个窗口
有一双眼睛在荷塘里发芽
今夜的蛙鸣唱笑梦中人

吹响一片柳叶

腊梅含羞一笑
惊呆的北风屏住呼吸
雪花躲进云彩里

只有河流在赶路
那鸭子的一声喊叫
远方的燕子急着回家

当春风路过
我吹响一片柳叶
唤醒田野沉睡的蛙

我的梦

梦是黑夜暗淡的涂鸦，
我的梦在白天，
比夜晚磊落，更明亮。

梦是仰躺的时光切片，
我的梦是站立的，
比躺着正直，向上生长。

梦是四周寂静里的埋伏，
我的梦在奔跑，
比静蓬勃，健康。

梦是现实的七零八落，
我的梦是一根针线，
缝补遗失的陆地与海洋。

梦是幻觉的光怪陆离，

我的梦是一张白纸，

画最美的画，彩虹带我飞翔。

如果

如果眼泪不是轻弹
别遗憾没有接住的几滴
只要落在了地上
浸润的每一处
都有种子在发芽

如果礁石露出海面
不要寻找那曾经的埋没
缅怀过去的悲痛
把视线放远，在阳光中
看海燕高傲地飞翔

如果雨下个不停
时光生锈，空气发霉
连石头都松软
我心里也会有晴朗

在那里勤劳耕作

种下希望

如果雄鸡不再报晓

我也会选择向东

摘下一片晨曦

点燃一支红烛

照亮我要去的远方

我无视一切如果，只要抵达

我来寻梦

我来寻梦
不在一间华丽的屋
或一张舒适的床
用我喜欢的颜色涂抹
留下灵魂的路标

寻找在星星的眼波
向浩渺夜空涌起
把各种眼神挤在一起
犹如篝火旁的一群姑娘
不同的心跳撩动一样的火苗
只要你不眨巴
那个闪烁就不会隐匿
今夜，又是无眠

寻找在月亮的笑窝

那圆圆脸蛋溢出的笑
是我童年的痴醉
此时，我把目光投给碧湖
水波笑傲和月光柔媚
再也没有别的心仪
来吧！荡起双桨

寻找在太阳的热吻
走在晨曦铺垫的路
听着旭日的呼吸
山顶伸长脖子
海浪在地平线上踮脚
采集朝霞文身胸膛
从此，我伫立东方

梦像一滴雨
告别天空，飘飘洒洒
簇拥江河的波澜
卷起石沙，从不回头
昔日我捧着你
而今我要握住你
握住你的奔流

梦像一粒沙
托举海滩上的身影
承受践踏，只为留下脚印
脚印的深浅
不问牵手还是分离

灿烂，迷蒙
只要日月轮回
你的眼睛就是船帆

梦像一片叶子
牵手春风为大地撑荫
给蜻蜓一个驿站
总有大雁凄婉
把翅膀托付南方
而你换上红装并不远行
恋慕脚下的故土
和那扎在土里的根

梦像一只燕子
是千家客，也是主
贫穷或者富贵
只钟情一片屋檐
你展翅撑开了天空
却守候枝头
让春天鸣叫、冬天沉默

梦啊！我寻找着你
如果哪天我迈不动脚
我也用心，用心把你寻找
如果哪天我的心停止跳动
我也用灵魂，用灵魂的嗅觉
在另一个世界找到你

设宴

飞鸟迎接早晨
总有清风拍打翅膀
把一片片清晖送去远方

朝霞涂抹脸上
掩饰昨夜流离失所的梦
我为太阳做好了早餐

我在黄昏时分出门
为月亮布置盛大的宴会
给每颗星星发出请帖

雨中行

呼呼摆动的雨刮
擦不干挡风玻璃上的泪痕
我有一个晴朗，就在前方

连绵的雨不是我的泪
而是上天的怜爱
我的心正渴望一次汪洋

雨中行，有梦就有阳光
雨在阳光下痛快淋漓
我在雨中拥抱太阳

与星星对眸

从来不争宠邀功
总是把最醒目的位置让给月亮
只在夜深处睁大眼睛

悄悄地爬上天幕
悄悄地迎接黎明
甚至不带走一声鸟鸣

我与你的每一次对眸
都有一个铭心的故事
夜深沉，沉入无边的苍茫

月亮

黄昏仓皇出逃
鲜红的血浸染西边的天
你的出现，只为了夜空的皎洁

即使你露半张脸
也许另一半是留给中秋
你要慰藉太多的别离和相思

我愿意与你为伴在每个夜里
不能让无缘无故的风
捏碎了你

眼睛

曾经有漫山遍野的红叶
游离着我的张望
在一朵云彩上

透过云彩的那道光芒
在我身体里发芽
我一举目，远方就升起彩虹

我的眼帘从来不挂夜幕
左眼有朝阳，右眼有夕照
没有近视，也没有老花

梦的行走

今夜，我叫停所有的风
为梦的行走

梦迷茫楼宇和商场
找不到昨日的那片绿
施工场地的灯光不再沉默
把喧嚣送到一个个窗口
深夜赶路的车熬红了眼睛
看不清十字路口的警示
梦举起斑马线

梦把二十四节气标记
交给白天和黑夜
泥土是古老的文字
梦的犁铧耕出不同的诗
小桥下的清澈漂流梦的小花

月色里的蛙向着北斗七星
唱一首儿时的歌

梦在森林深处安家
一叶秋风和万片雪花
都能留住梦的醉
在崖壁封存猎枪和弓箭
把笑容撒满青山
同兽群打个招呼
听鸟雀说些俏皮话
手伸向星星的手
握住前世的缘

梦站在桅杆上眺望
那魔术似的眼睛
把太阳从大海里瞧出
又把太阳瞧进大海
眼睑开闭掀起的浪花
喊着梦多年不被称呼的乳名
今天的梦已是满脸皱纹
皱纹里藏着那没讲完的故事

今夜,月亮睁大眼睛
把梦涂成银色

清空才能保鲜

心中若没有，眼里再多也是无，
放不下是因为刻骨太深，
能放下的也未必没有铭心过。

拥有多少不是人的身价，
善于清空才能保鲜，
一切归零，攀登的才是净高。

别太在意得得失失，
内心世界若无阳光，
身外也是漆黑一片。

菌菇

把夕阳的余晖揉成一团，
点上菌种，
用星星的眼睛孵化。

听露珠窃窃私语，
说菌种是转基因的，
像是蜜月中的一次背叛。

菌菇在东方出生，
啼哭声是太阳的基因，
悄悄溜走的是黑夜的尾巴。

思念

晚风掀开思念，
我在孤帆下寂寞，
岸上有几盏灯在漂泊中思念？

浮标灯默默引路，
告诉我不要去触碰暗礁，
那些沉没的巨轮，带走了思念。

海上的月亮披上婚纱，
向着新娘张望的方向，
喷薄而出的一轮红日看见了我。

断想

不敢看星星灿烂的笑，
像股市崩盘，我将一贫如洗，
乡愁浸泡了呆滞的双眼。

月亮失足成乏味的鱼饵，
碎片一样漂浮在水面，
像一封封无字的情书。

秋波淹死了多少痴情，
开启存封已久的酒窖，
在半醉半醒中找回自己。

太阳谷

太阳谷的树上长满辣椒，
那是这里的人刚烈与惊艳，
生活给予的极致。

太阳谷的风有燃烧的火，
那是这里的人激情与勇敢，
驱走岁月的严寒。

太阳谷的水波金光闪闪，
那是这里祖先留下的嘱托，
有太阳就不会迷失方向。

反差

我到了，你在我的后面，
你到了，我在你的前头，
错过的不只是时间。

有人自言自语不知所以，
有人清清楚楚表达含糊，
语言不仅仅是交流。

顶着烈日的人是黝黑的，
夜晚出没的人是白嫩的，
看人不是看肤色，而是骨头。

生活

别人的生活是一张网，
我的生活是网上的结，
总是打紧每一个日子。

别人的生活是一团麻，
我的生活是一寸绳，
一段一段地丈量人生。

别人的生活是一堵墙，
我的生活是一只鸟，
飞上飞下，飞来飞去。

克隆

克隆一个太阳给黑夜，
克隆一个春天给寒冬，
克隆一个花季给蝴蝶。

克隆一声霹雳给晴空，
克隆一场飞雪给骄阳，
克隆一条巨龙给大海。

最好是克隆一次时间，
重新安排光阴的走向，
让那些故事不曾有过。

花

风能给你翅膀，
也可让花开一半就枯萎，
季节是你生命的花期。

花开花落有着同样的命运，
结出不一样的果实，
切莫相逢在同一个季节。

只有心上的一朵，
花开不败，与呼吸同在，
不受风和季节的操纵。

真相

哭比笑好看的是明星，
笑比哭难看的是娼妓，
不要在同一舞台。

泪眼下的刀刺破怜悯，
笑脸下的刀刺破信任，
不要被同一把刀伤害。

猫在哭眼前的老鼠，
狐狸在点赞乌鸦的歌喉，
不要被虚伪迷惑。

古装剧

用古代取悦现代的快乐，
虚无是一桌残羹剩汤，
彩色的屏幕总是不分黑白。

遗址里的骨骼翩翩起舞，
蜡料塑造的裸体横空出世，
盖棺的都不能论定。

天上的雾太厚了，
愚昧与智慧混为一谈，
有人在用臀部思考人生。

雷鸣

我在岸上逆风歌唱，
风卷走了我嘶哑的心声，
飘落河面是我的伤痕累累。

波涛折叠着我的残梦，
又交给我微笑的太阳，
像闪电一样刺破了云层。

风卷云舒是我的鼻息，
突然被一个声音唤醒，
那是阳春的第一声雷鸣。

惆怅

彷徨的云掉下阵阵忧伤，
打在了我迷乱的心底，
思念在街头张望。

寻问一个个匆匆的过往，
也找不回曾经的邂逅，
那熟悉而陌生的脸庞。

这是不是一种惆怅，
街灯的灯柱下一阵寒风，
撞击我起伏的胸膛。

在陌生中淡定

走到熙熙攘攘的街市
只想偶遇和我相同的眼神
在验光室我看到那目光的怯弱

秘密的后面有一双眼睛
即使诱惑唾手可得
那双眼睛还是孩子般的天真

转身走向曾经走过的路
那残留的一串脚印已经失忆
我在陌生中淡定

梦里的海洋有个洞

一叶小舟，
漂泊在冬季的海。
浪花里的一首歌，
在我的指尖上跑了调。
我敲击蓝色的波浪，
学着海燕的鸣叫，
调试涛声。

月光从鲸背上滑落，
碎裂在黑色波面。
帆樯躁动，
灯语吞吞吐吐。
海风口吃，
整夜没说完一句话。

码头踮起了脚，

一朵白云笑着。
距离一步步缩短，
颜色在上升。

风横着走。
浪头拥抱岸头，
沙滩流着泪，
礁石哽咽。
海藻七零八落，
贝壳在爬行。

把皮肤交给夕阳，
张贴在岛礁的尽头。
在大海的语言里，
我只听懂了风暴。
梦里的海洋有一个洞，
鲨鱼掉光了牙齿。

浅滩浮游，
不曾忘却呛着的那口苦涩。
我想训练海豚，
海豚训练着我。

日子在爬行

风撕裂着云朵，
天空七零八落。
树摇晃脑袋，自言自语。

在一个没有音乐的空间，
时间向死亡走近，
夜让黑暗变得苍白。

街道昼夜喧嚣，
失眠的窗子听力减弱，
日子在爬行。

他被空气挤压，
一切都在宁静中变形。
听不见自己的呻吟。

丢在荒原的思想有了野性。
一杆猎枪和一只猎犬，
顺着狐狸的气味摸索。

鹰眼悬浮在空中，
瞅黄了一片草地。
冬天还未启程，雪花先报信。

马队撒着哈达，
咒语沉降在山脚，
经幡诵着夕阳的告白。

煨桑熏黑了手指，
熏黑了黄昏。
一股青烟缠住云的脖子。

在峡谷找到遗失的迷彩。
飘落河面的红叶，
在他的心底发酵。

两个人正在走向悬崖，
一个厌倦了生活，
一个迷失了方向。

脚印一步步衰老。
梦在埋怨自己：
何时剪掉了翅膀？

曾想

曾想拥有一棵树，
等待燕子回来
其实，把根深深扎在土里
叶落或是花谢，
喜鹊都会跃上枝头

曾想手捧着奖杯，
等待掌声响起
其实，做一个最好的自己
无论鲜花于谁，
大拇指都会为你跷起

曾想站在地平线上，
披朝辉染夕阳
其实，挽起裤腿跋山涉水
阳光不仅在你的脸上，也在心里

曾想让时光倒流，
重学说话，重学迈步
其实，脚踏实地走好余生的一分一秒
那圣殿里有一盏灯就是你的眼睛

时间是柔软的

紫藤花开，海棠花谢，
我嗅着那落花的踪影，
在香气漫过的山脊和湖岛，
寻觅阳光雕琢的诗文。

那些风蚀的痕迹，
沉淀已逝岁月的呻吟。
石头虽然缄口不言，
站立的字却睁大着眼睛。
也许古人的眼睛只是一根火把，
火焰在空中的每次跳跃，
都会烙下大地沁血的脚印。
那碎石般的岁月犹如一只手，
挠着地皮的痒，
笑哭那峰顶的白云。

也许地平线曾经断裂过，
也许太阳被狼烟呛过喉咙。
历史在固体般的岁月熔化，
又在液体般的年代凝固。
时间是柔软的，
总有一片会说话的光阴。
如果用太阳将时间点燃，
在大海里淬火，
那浪花也会变得坚硬。

花谢未必就是零落，
只是与季节老人的一次旅行。
结伴风雨雷电、朝霞黄昏，
还有那萤火、蛙声。
死亡并不是结束，
当你穿过宇宙的心脏，
在背面的一座山峰，
站着一个与你同样的灵魂。

总想

总想在沙漠里找到泉源，
让每一粒沙子发芽，
马蹄溅起碧绿的浪花。

总想在梦里安置呼吸机，
让每一个夜晚匀速地跳动，
每一个呓语都有笑容。

总想让燕子永不飞走，
让大雪纷飞的冬天不再结冰，
家也会春意盎然。

云是时光的调料

昼夜之别在于太阳，
如果一直躺在床上，
光明就是别人的。

露珠里的世界很透亮，
晨曦送来了精彩，
生命因此有了光芒。

云是时光的调料，
只要大地是你的调色板，
盛夏与严寒都是驿站。

夏夜无风

夏夜无风，如同坐在蒸笼里，
扇子摇动的是一股热浪，
汗水冲走了背上的蚊子。

萤火燃烧着树枝，
野兔跳进了水沟，
月亮也在湖中沐浴。

我找到一个巷口乘凉，
空调房里的爽快，
怎比得上星星的媚惑。

影子

太阳给我灿烂
也给黑色的影子
身子走着
影子跟着

太阳攀升
影子越走越短
夕阳拉着长长的影子
穿过黄昏和夜幕
把身子交给圆圆的月

曾经视影子如身子
怕靠近垃圾
怕停留沟沟坎坎
即便百米行走
也蹑手蹑脚

唯恐踩伤影子的背

而今，我收藏了影子
走进森林

时间改变太阳的颜色
也改变着大小
日子总是让月亮圆了又缺
缺了又圆

我把身子交给一盏灯

黑夜背叛自己

黄昏贪婪
吞噬了夕阳
连朵晚霞也不剩
伤感的燕子守望屋脊
迟迟不肯回家

傍晚的村庄张开翅膀
带着杨柳、荷花、小草
带着忧郁的田野
向黑夜飞去

地温下降
萤火虫布满天空
蛐蛐亮开嗓子
青蛙呱呱毫不示弱

只有蚊子不声不响
偷吸着血

夜幕膨胀
笼罩天地间的所有
在青砖的街市
租下灯柱的眼睛
背叛了自己
金字招牌兜售着美食
夜宵臃肿了身体
又有多少嘴巴闲着

淡云飘移
月亮躲躲闪闪
河流在消瘦

黎明是一堵墙

梦从窗隙中溜出，
攀爬屋外的紫薇树。
绿叶的梦呓伴奏蛙鸣，
月光匍匐，
石头还是那种姿势。
吠声和鼾声，
越来越近。

星星的话在眼睛里，
候着一缕阳光。
黎明是一堵墙，
地平线深度呼吸，
把大海吸进了肚子。
一面风帆和两只翅膀，
越来越远。

树向山里行走，
那脚上的泡在发芽。
跑累了的云在峰峦歇息，
把汗滴洒给森林，
河道吞咽着口水。
花开和蝶飞，
越来越高。

行走的叶子

叶子行走秋天
干涩的眼睛在燥热里骚动
蝉声渐渐远去

树枝摇曳
遗落灰暗的微尘
潮湿的圪崂在喧嚣里浮肿

秋蚊屏住呼吸
窃听蜘蛛的爬行

僵硬的季节
把时间的颜色变成距离
森林一片片生锈

叶子藏着的秘密

用空气密封

光阴向秋的中轴靠拢
拧紧了秒的铆钉

大雁衔着的一首诗
掉进叶子的行囊
与风同吟

驿站一点点狭窄
立柱踮起脚
搂住晚霞的腰

灯光似乎被绳索捆住
在消瘦的河里挣扎

月亮潜入大海
用珊瑚编织梦的羽毛
仿佛张开了会说话的翅膀

第五辑

时间的颜色

过去

过去的时光不复返，
过去的梦还在燃烧，
过去的人和事历历在目。

昨天的风云扬长而去，
昨天的雨雪销声匿迹，
过去了，都过去了。

别把自己制作成标本，
也别把别人制作成标本，
所有的标本都会腐烂。

枫叶四帖

春。枫树上的叶，
在柳枝招摇的身后，
伸出瘦小的手指，
弹拨缠绵的细雨。
左边翩跹蝴蝶，
右边花朵摇曳，
即使幕后无人关注，
指尖上也有千顷绿野。

夏。枫树上的叶，
在万物慵懒的季节，
跳动青春的脉搏，
和骄阳一样热烈。
浮云逃之夭夭，
河泽瘦骨嶙峋，
叶片与叶片叠起波涛，

浪卷处可见潇潇雨歇。

秋。枫树上的叶，
在落英飘零的风中，
举起生命的火把，
点燃满腔的热血。
天空一片红色，
大地一片红色，
驱散了峭壁上的阴霾，
梦醒来谈笑艰苦卓绝。

冬。枫树上的叶，
在玉封琼盖的大地，
满头白发依然郁葱，
笑看江河敌不过冻结。
岁月留下的痕迹，
心灵珍藏的记忆，
呼唤一排雁鸣掠过天空，
回首处壮怀激烈。

九行诗

一

躺在夜色铺满的蜿蜒山路，
我的梦挂满剔透的葡萄，
月光滴下几许酸甜。

初春的风已经在湖面舞蹈，
去冬的雪压弯池边的杨柳，
清晨的眼帘分割季节。

阳光开始任性的流淌，
我听到了生命的勃动，
一支鸽哨的光芒涂满天空。

二

一片森林披着四季的风，

不同的树有不同的摇曳，
不同的季节有不同的呼喊。

有时云朵也走得沉重，
有时天高也不只是风轻，
低头就可以看见阴影。

在云淡风轻的伤心处，
听江河的呼啸，
大海不期而至，扑面而来。

三

深夜窗口传出的鼾声，
把梦铺在街面，
最后的班车把它碾成碎片。

我的梦伫立在灯柱上，
看月亮掉进绕城河，
听鱼儿在水底的窃窃私语。

河水依然很凉，
破碎的梦不敢扎进河里，
像水草一样漂浮在水面。

四

欲望把人变成了鬼，

打入十八层地狱，
没有下地狱的是燃烧的灵魂。

有翅膀扑向月亮，
一颗星星射出的子弹，
穿透了嫦娥的浴缸。

天空开始下雨，
地狱和天堂只有一滴雨的距离，
是谁在那里偷窥？

五

还不到万山红遍，
一行大雁向南撤退，
我的痛经过血脉，不能自已。

烈日烧烤的温婉，
狂躁不安的天进了医院，
找不到彩虹听诊天堂的心。

左边的挣扎和右边的呻吟，
开不出有效的方子，
一把鱼腥草降火，上山去采。

六

在茫茫草原和香甜果林，

我选择了一望无际的嫩绿，
用一棵草挤出一滴奶。

在漫天飞雪和鸟语花香，
我选择了漫山遍野的冻冰，
用一块冰开通一条渠。

一滴滴奶流进一条条渠，
大地尽情敞开怀抱，
我听见母亲在唤我的乳名。

七

山说我走得太高太远，
云说我走得太低太近，
我有我该走的路标。

风说我走得摇摇晃晃，
雨说我走得溜溜滑滑，
我有我自己的步伐。

不因为漫长而失重，
不因为曲折而偏离方向，
在大地上生根，有心导航。

随想

一

没有谁一直走着上坡路，
腿脚累了也该歇息，
起起伏伏才是真。

二

痛苦来临用不着挣扎，
只要你平静以待，
他会在你的怀里睡去。

三

稀罕是稀罕者的糊涂，
糊涂是糊涂者的稀罕，

不要在路途中被一叶障目。

四

时间能够埋葬一切，
不仅是悲痛哭泣，
还有那欢乐笑容。

五

月亮能在白天出现，
种子不一定在土里发芽，
鱼儿却离不开水。

六

穿着高跟鞋，
可以增加身高，
而赤脚能接地气。

跳出生命的周期

我的心缠了你的心，
系挂在舒展的云头，
跳出了生命的周期。
落下的热泪，
醉了飘扬的帆，
喊出至爱的孤寂。

那爱很古老，
陈旧了的浑厚，
属于黑黝黝的前世纪。
沉睡着的诱惑，
甲骨文笔画的痴，
青铜器斑驳的迷。

寻到新奇点，
在宇宙外爆炸，

诞生一个宇宙兄弟。
挣脱时间和空间，
合并日月星辰，
裂变一年四季。

忘却风的吹，
忘却雨的打，
忘却电闪和雷击。
把大脑清零，
晒出记忆的空白，
点击空白的记忆。

时间的颜色

落叶带走的季节
让时间变换了颜色
背后吹来的风差点把我带走

会说话的眼睛不说话了
把所有的话都交给江水
只保留真相

山的颜色在改变
水的颜色在改变
时间在我的两鬓改变了颜色

大山的冬天

大山的冬天是脆的
赤裸裸的树干有裂断的声音
夜也干裂，灯光僵硬

裂断的风裂断的梦
即使钻进了被窝的星星
也开裂了伤口

不知峰峦为谁忧郁
石头开裂悬崖开裂河谷开裂
只有山门为我紧闭

苦涩的原味

一颗星伸长耳朵
另一颗伸长脑袋
还有一颗踮起脚尖

窗口僵硬
吐出呆滞的光线
失眠的鸟用翅膀切割夜幕

露珠悄悄聚集
草交头接耳
早醒的虫子在偷听

河流打了个寒战
赶路的鱼驾驶着浪
鸡鸣叫停风的脚步

月亮溢出的汗似乎是泪
落在摇晃的大海
浪花医治礁石的皮肤

太阳蹿出大海
海鸥啄碎的朝霞
犹如血块浮在地平线上

盐雾笼罩了山头
锈斑在小屋里繁殖
书页里夹着海的味道

一个朗读的姿势被腌制
眼睛向船帆注视
凝结桅杆绿色的诗

沙滩铺开无声的脚印
把苦涩的原味藏在苍茫里
沙粒长出了羽毛

第五辑　时间的颜色

213

没有月光的中秋

云彩罩住月亮
加厚了中秋的夜幕
我斟上陈年老酒
和灵魂对饮

一片醉意
摇晕了湖畔的亭楼
眼睛跌跌撞撞
找不到时间的出口
瞳孔放大分秒
抓住了记忆的缰绳

夜幕起了皱褶
夹带山脚的灯光
人影起起伏伏
似乎在寻找往日的承诺

诺言被谎言蚕食
光阴在修补

杨柳用灯光祷告枯叶
光点在水面上播种
收获陌生的秋波
一块月饼掉落
向鱼儿化缘

夜在细雨中匍匐
我被古老的诗句唤醒
心穿过云层
趴在月亮最后的一圈

风在撒谎

风在撒谎
云在坐化
太阳茶毗天空
舍利从虹中滑落

空气用颜色辩解
吐出几个陨石
地平线搓成的绳索
牵着季节的鼻子

渗漏

如果海底裂开了缝隙
如果漩涡扭曲了地平线
当云霞渗漏
裹着一片珊瑚逃离
鱼不须要挣扎
那狂啸只是在清理垃圾

立冬

秋风携着秋雨
清洗浪漫留下的烦乱
向萧瑟挥手
告别一江秋水
寒冷的夜爬上树梢
摘下孤独的黄叶
以零下姿势受孕天空

用唇语表白

几声咳嗽惊扰了三更
未闻雄鸡啼叫
晨曦已漫过东山

清风轻轻唤醒西湖
太阳拥抱着水波
用唇语向倒影表白

鸟舌唠叨垂柳
不满丢弃衰落的黄叶
并不哀叹初冬无情

波纹保持着笑脸
不问季节炎凉
用高度丈量日子的阴晴

吊嗓子拉长白鹭的脖子
剑客仿佛在琢磨偏锋
蹩脚舞蹈零零散散

两条腿慢跑在坚硬的堤岸
另两条匀速行走
身后都无脚印

时光不伺候沉睡的人

在湖光中寻找逝去的流水
即使同样宁静和清澈
两鬓已经爬满了霜

在峰巅离太阳最近
在山下发现自己的鞋最新
看不见额头的皱纹

时光不伺候沉睡的人
当你错过了晨曦
就不能享受漫天的彩霞

倒影

天空没有雾霾
湖泊把脸洗得干干净净
等待一缕阳光的初吻

白鹭从树梢飞到湖心
惊醒了湖面上的水草
鱼翔浅底，自由自在的悠闲

我漫步在湖边成了倒影
成了一条鱼，清澈的水面上
看见太阳在向我微笑

废话空话

短短的喉管吞没一条河
掏空山体似的语言干瘪得像尸
唾沫发酵成蚊蝇的美餐

捡来臭沟的泥巴捏出佛
僧侣有敲不完的木鱼
又有几个香客在虔诚跪拜

用演讲者的声色编制温床
即使昏睡也不做长梦
醒来的我不对别人的口型

挂失树的影子

那棵树的影子不见了
我向天空挂失
云彩向四周分头寻找

树影陪着太阳捉迷藏
上午和下午躲到太阳的对面
正午的阳光抓住了它

树上的鸟没有自己的影子
把翅膀交给天空
影子在大地上奔跑

风和夜

看生长的树,
风是碧绿叠起的山峦。
望呼吸的海,
风是湛蓝起伏的波涛。

顺着风的攀缘,
我就是山;
踩着风的节拍,
我就是浪。

梦见蛙鸣,
夜是池塘水面划出的波纹。
邂逅流星,
夜是万籁俱寂闪烁的霓虹。

我为夜接生,

生出人间烟火；
我为夜送终，
怀抱一轮朝阳。

说夜

夜风吹皱了街面的灯光，
夜雨打湿了灯下的影子，
夜的舞步搅扰了雄鸡的耳朵。

只要有夜，月亮就有圆缺，
只要有夜，星星就会眨眼，
只要有夜，床上就能铺梦。

我的夜不在床上，
摇曳窗外的紫薇树，
踮起脚尖。

夜在折旧

虫蛀的日子
被狂躁的风揉碎
抛掷在光阴的暗区

细菌爬满了指针
时间的长短在变异
一分大于六十秒

羽毛迷失了方向
被暴雨淋湿
又在烈日下暴晒

心向远方呼啸
衰减的音频落入一片荒漠
黄沙在迁徙

一个灵魂穿过三更
剪辑零散的梦
夜在折旧，掏空黑色

阳光从山头漫过
浇灌一片林荫
抖落季节的枯叶

天眼下

头上顶着的不仅仅是天，
还有天上天和天上天的天，
星星是天的眼睛。

没有什么能够遮住天眼，
即使浓云漫天密布，
闪电也能把大地照得透亮。

脚下的路曲曲折折，
都是苍天鸿篇巨制的标点，
不负苍天才能赢得一个感叹号。

曾经空虚

曾经空虚，一无所有，
梦想悬挂在半空，
再美的云彩也不能遮羞。

梦想有一个书屋，
填充童年、青年的饥渴，
而我面对的四壁空空如也。

现在的图书馆琳琅满目，
咖啡，热茶，冷饮，情侣座，
而我只想，取一本书躲在角落。

立春的时刻

其实，我不喜欢向春天靠近
就像不喜欢在骄阳下的暴晒
我的心脏已习惯在雪地里跳动

风掀开窗帘
腊梅的香爬进卧室
楼下的海棠花跃跃欲试

立春的时刻雪花走来
清洗瓦上的污垢和枝头的灰尘
我把冬季做成标本

霾

天刚洗过脸
风扬起的一片霾
又贪婪地舔着碧空

那舌苔越来越厚
天空渐渐浑浊
阳光已发霉

村庄感染发烧
城市咳嗽不停
街道戴上了口罩

梯子在衰老

梦呓伴着一个拖地的脚步。
眼神让星星流泪，
那颗心在零度以下复活。

喜鹊不是黑白的颜色，
老鼠比猫高大。
地球须要看医生。

煤炭在天空涂鸦，
石油给河流染色，
天然气奄奄一息……
人类透支着。

雾霾，地震，龙卷风，
死神跪地求救：
向太阳求救白昼，

向月亮求救黑夜，
向人类求救人类。

火山报警。
天平在倾斜，
砝码压在梦的胸口，
称不出人心的重量。

墙在长高。
人心在梯子上攀爬，
梯子在衰老。

雨向森林走去，
掌声响起。
雷撞响了古寺的钟。

八相

一

少妇的倩影和狗的尾巴，
在夕阳里摇摆。
晚霞撅起了嘴巴。

男人的腿和牛的蹄子，
溅起泥浆和浪花。
蚂蟥，苍蝇，蚊虫，
黄昏露出浮肿的脸。

二

两只熟悉而又陌生的手，
相互伸了过去。
握着的手，

把心分得更开。
委屈、误解和怨气，
在距离里生长。

指尖在说话，
掌心在跳动。
知道要给对方什么，
对方已经给了。

三

孩子在家门口丢失。
报警，
寻人启事，
脚印留给了大江南北。
一个家庭正在败落。

十五个春秋过去，
找回了孩子。
父子陌生，
母子陌生，
泪从血脉中相认。
一个家庭团圆，
另一个家庭失散

四

昨日股市有他的笑声，

今天楼下有他的尸体。

股市的涨跌不定，
跳楼的尘埃落定。

投资人的路由南向北，
投机者的路由东向西。
两条路正在延伸。

五

房市嗷嗷叫，
紧急限购，
运气从摇号中跳出。

住房与炒房对擂，
裁判举起了炒房的手。

民工潮掀起来票贩子，
城镇化孵化出号贩子。
票贩子起早贪黑，
号贩子没日没夜。

六

一场大火，
吞噬了财产，
吞噬了生命。

有人在第一时间赶到。

嘉奖，表彰。
报纸电视，头版头条。
吞噬着反思，
吞噬着责任。

七

独生子女成了家，
他成了独身。
他有了孙子，
他成了孙子。

八

香客滔滔，
烟雾袅袅。
许愿如痴，
还愿似醉。

卜卦问前途，
灵签辨祸福。
他在求功德，
功德箱在求他。

人造了庙里的佛，
佛造了皈依的人。

双膝跪在地上，
灵魂不在身上。

无
边
的
苍
茫

为你写诗

总是在燕子衔泥的季节，
我为你写一首诗。

诗垒起了一座山。
飞禽的影子漫过松针和花瓣，
跳跃在耀眼的积雪。
峭壁处冻结着你攀登的姿势，
那悬空的脚印串着一个故事，
故事里有一双血浸的冰爪。
你摇动阳光，
不愿太阳西落。

诗流成了一条河。
你的眼睛在舵上旋转，
即使夜里也不曾打个盹儿。
你把瀑布的眷恋捎给大海，

在码头拾起海燕掉落的羽毛。
你剪裁波浪，
为船舶披上风衣。

诗在我的心底燃烧，
那温度融化了时间。
我唯恐炙烤了你的手，
而你宁愿熔化自己。

我曾用钢铁般的文字和羽毛似的句子，
对太阳倾情，对星月诉说。
而今我用血脉蘸上西边的红霞，
为你写诗，不停。

手捧的花总是那枝

月亮洒满了庭院，
所有的花在银色中淡然，
唯有你香气逼人。

夜静静，情缠绵，
所有的梦都在春天的季节，
手捧的花总是那枝。

生命终究会一天天老，
即使漫天飘雪，
我带走的也只有你的傲娇。

心泉流淌

心有泉水流淌，
像正午蝉鸣的绵绵，
似云彩掠过飘洒的雨点。

月夜寻找洁净的脚印，
遇见我的知己和知己的我，
犹如镜面里的真实与虚无。

心泉流淌不是心血来潮，
而是面向大海，春暖花开，
一任群芳妒。

别只盯着自己脚尖

亲近云彩，云彩飘然而过，
远离雨点，雨点随风扑来，
在高山的亭台楼阁。

若是能够一目千里，
就别只盯着自己的脚尖，
再美的风景也将错过。

有人临峰观景不观风，
风有雌雄，生殖繁衍，
波涛，飞叶，万物绵绵不绝。

不要把笑堆得太高

暗淡的灯夜，化了妆的你，
熟悉的笑声在微弱的光线里，
牵出一张陌生的脸。

其实，即使浑身敷上泥巴，
只要你露出一只眼睛，
我眼里的你依然是一个裸体。

不要把笑堆得太高，
一旦滑坡，
也会掩埋生命。

走着，脚印就深了

总以为身后有鬼，
恐惧自己的影子，
月亮再美，也是心中的寒霜。

眷恋着过去，
犹如蜷缩在洞中，
阳光只是别人的。

相信有来者，
即使前方荆棘丛生，
走着走着，脚印就深了。